U0602171

著

轻风拂柳

柳拂水

中国出版集团

东方出版中心

图书在版编目（CIP）数据

轻风拂柳柳拂水 / 胡的权著. －上海：东方出版
中心, 2023.6
　ISBN 978-7-5473-2185-0

　Ⅰ. ①轻… Ⅱ. ①胡… Ⅲ. ①诗集－中国－当代
Ⅳ. ①I227

中国国家版本馆CIP数据核字（2023）第076738号

轻风拂柳柳拂水

著　　者　胡的权
责任编辑　黄　驰　刘　叶
装帧设计　钟　颖

出版发行　东方出版中心有限公司
地　　址　上海市仙霞路345号
邮政编码　200336
电　　话　021-62417400
印 刷 者　杭州日报报业集团盛元印务有限公司

开　　本　890mm×1240mm　1/32
印　　张　6
字　　数　47千字
版　　次　2023年6月第1版
印　　次　2023年6月第1次印刷
定　　价　49.00元

目　录

轻风拂柳柳拂水

柳树啊

无论你长在何处

我总能一眼认出

你常立在水边

温柔地低着头

多少树，终日抬头望天上

你总是，低头将大地欣赏

很多树的枝，又粗又硬

适合做桌椅板凳

你的枝，又软又细

适合将相思系

你的知己

是轻风，是绿水

轻风拂柳柳拂水

你的知己

是小鸟，是明月

白天，对对小鸟鸣垂柳

夜里，明月悬挂柳梢头

青蛙的心思我不懂

夜幕下

细雨中

一只青蛙跳出青草丛

趴在马路上一动不动

它是怕我悄悄地跟踪

还是想陪我玩上几分钟

风从湖上来

湖中有条长堤

堤上杨柳依依

柳下有座长椅

夏夜

我在长椅上静坐

凉风从我身上吹过

它也吹过对岸的树林

和清澈的湖泊

我就这样久久地坐着

看鱼儿在湖里打挺

听虫儿在身边低吟

炊烟跟我慢慢跑

我是一阵春风

路过这朵鲜花

这朵鲜花向我挥挥手

路过那朵鲜花

那朵鲜花向我摇摇头

蜜蜂蝴蝶在花上停留

我一路寂寞向前走

走着，走着

发现炊烟跟我慢慢跑

发现浪花在我脚下跳

发现燕子陪我飞得高

繁星渐渐出现

春天来了

常绿树纷纷落叶

落叶树纷纷开花

夜来了

人们渐渐合眼

繁星渐渐出现

鸟儿的简单生活

鸟语很简单

喜鹊喳喳喳

斑鸠咕咕咕

鸟儿住的地方很简陋

有的干脆露宿枝头

不必为房子一年忙到头

鸟儿没有汽车

不必担心汽油涨价

鸟儿不用修路

广阔天空任意行

鸟儿的羽毛

既可当雨衣

又可当棉被

它们不需要漂亮衣裳

更不需要化妆

鸟儿不懂高低贵贱

不懂欺骗

世界再发达

鸟心不复杂

鸟儿没有枪

没有炮

即使有争吵

很快就和好

鸟儿家里一无所有

鸟儿眼里无所不有

昔日的你

很想跟你见面聊聊天

毕竟分别了那么多年

见面太难

要有时机

看看昔日的照片更容易

昔日的你啊，是画中向日葵

在记忆里永不凋谢

昔日的你啊，是山间清泉水

在心里流淌了一年又一年

我想有处农舍

我想有处农舍

粉墙黛瓦

坐北朝南

位于稻田中央

农舍南面

有条清澈的小河

农舍北面

有条长满青草的小路

农舍西边有两间小屋

一间是鸡舍

一间是牛舍

清晨，公鸡将我叫醒

傍晚，牛儿背着我在田埂上巡游

农舍东面栽着梨树

农舍西面栽着橘树

站在二楼阳台上

梨子熟了，摘个梨子充饥

橘子黄了，摘个橘子解渴

夏夜

在小河边漫步

看明亮的星星落在小河里

看闪烁的萤火虫落在禾苗上

我将在小河里

斜斜地插上一根黑树枝

让白鹭立在树枝上

耐心地等鱼儿出现

等啊等

等到夕阳把河面染红

等到月亮在河里缓缓地移动

枇杷树下的老人家

窗外两棵枇杷树

一高一矮

高的那棵

枇杷小而密

鸟儿常来吃

矮的那棵

枇杷大而稀

网着留给人来吃

看着矮树上的大枇杷

我就想起那位老人家

曾在树下修枝打杈

你是那清澈的小河

你是那清澈的小河

我只宜在河畔静静伫立

不宜走进河水里

河水之下

有泥有沙

秋风伴秋霜，秋叶更风光

春雨淅沥沥

春草喜滋滋

秋风伴秋霜

秋叶更风光

寒风再嚣张

梅花也飘香

茅草棚里的岁月

我曾在父亲开荒的地方

住过茅草棚

父亲经常要回远方的家

我一人在这里守着庄稼

茅草棚又矮又小

我在里面做饭又睡觉

我经常在棚外走

因为棚里很难抬起头

茅草棚四周一片荒凉

我孤独地度着时光

书是我唯一的朋友

它给我力量，给我希望

父亲买不起抽水机

我弯腰埋头

将湖里的水

一盆一盆地舀起

浇到庄稼地

庄稼地里种水稻种西瓜

我吃得很差

有一次油和盐被偷

我七天没吃盐和油

父亲万万没想到

这些荒凉的岁月

偏偏给了我很多

它让我

耐得住孤独

耐得住寂寞

它让我

不关心吃

不关心住

最关心书

你用泪水留住了他

他是一条船

本可以在长江里徜徉

本可以驶向太平洋

你用泪水留住了他

满满的长江水

敌不过你的几滴泪

乌云走了

天上的一朵乌云走了

有人说是被风吹走的

有人说是被太阳赶走的

有人说是它自己要走的

世间的花儿千万种

先生，你说

是花都好看

你都喜欢

你说

山桃花开千万朵

真想随手摘几朵

回去嚼一嚼

你说

玫瑰花又大又红

夜里也想吻一吻

你说

橘树的花儿开得小

清香缕缕随风飘

先生

世间的花儿千万种

有的有毒，有的带刺

一见倾心要留意

有的又大又艳

只能愉悦你的眼

有的很小很不起眼

孕育的果实大又甜

受伤的小鸟

桥头有家丝绸店

店外有只鸟笼

笼里有只小鸟

小店最近生意很萧条

女老板不急不躁

我问笼中是什么鸟

她说她也不知道

不久前在树下捡到

那时小鸟受了伤

可怜兮兮的模样

女老板给小鸟喂小虫

小虫不停地蠕动

她打开一个塑料盒

盒里小虫很多很多

我问哪里来的小虫

我问哪里来的鸟笼

她说都是买来的

等到小鸟伤养好

等到小鸟能飞高

就让它回到天空的怀抱

茶叶里的秘密

在那宁静的江南小镇

你我初相识

你刚大学毕业

是那样清纯和真诚

脸上还写着几分稚嫩

你的家乡在远方城市

你出身于书香门第

只身来到异地他乡

有些许迷茫

那年我将离开小镇

临走前你送我一盒茶叶

至今不懂你心意

我走之后

你也离开了那江南水乡

不知去了何方

二十年已过去

总也没有你消息

今生今世

恐也无人告诉我

那盒茶叶里藏着的秘密

问 麻 雀

麻雀啊麻雀

你走路时蹦蹦跳跳

尾巴不停上翘

难道没有一点烦恼

麻雀啊麻雀

你的身体小

飞得又不高

为何还四处逍遥

麻雀啊麻雀

有人说你很难养

在笼中不吃不喝

人们只好将你放了

难道你也认为

自由比包吃包住好

果子熟了，叶子落了

秋天的树上

挂着黄色的果子

点缀着红色的叶子

果子熟了

被果农摘走

甜了人们的舌头

叶子落了

被秋风邀走

牵动了人们的忧愁

白云倒映在水下

白云倒映在水下

用挑剔的眼光去看它

越看越像豆腐渣

用欣赏的眼光去看它

越看越像一朵花

不曾走进那竹林

河边有片茂密的树林

林下有条幽静的小路

小路尽头是隐秘的桥洞

忍不住漫步那小路

走进那桥洞

走着，走着

发现桥洞不再神秘

小路不再有吸引力

又遇一片竹林

林间翠竹疏疏密密

林间小路隐隐约约

阵阵南风吹

竹叶沙沙响

林间多清凉

再也没有走进那竹林

那片竹林

也就成了梦境

南风吹过泡桐树

这是座江南小镇

你常来这里

今天我也来到小镇

在一棵高大的泡桐树下

徘徊，徘徊，又徘徊

泡桐树的西面是条小河

河上架着座高高的石拱桥

桥上开着红红的凌霄花

就像你微笑着不说话

泡桐树的东面是间小屋

粉墙黛瓦上爬满青藤

就像你穿着连衣裙

你听

南风路过

树叶也窃窃私语

你看

红花与石桥能相伴

青藤与小屋能相依

为何你我不能在一起

白鹭徜徉在稻田

七月的某一天
我遇见一片稻田

稻田里禾苗青青
青青禾苗随风舞

几只白鹭
出没禾苗间
时而低头寻寻觅觅
时而抬头望望蓝天

依稀看得见
禾苗下白水片片

白鹭徜徉在稻田

白云徜徉在蓝天

我徜徉在清风习习的乡间

台风吹过

阵阵台风吹过

枯枝败叶纷纷掉落

那些扎根不深的大树

被台风推倒

那些树心腐朽的大树

被台风拦腰折断

一些果树

挂满果子

头重脚轻

被台风撼动了根

倒在地上

不知何去何从

一些新栽的大树

被支架撑着

台风无可奈何

无数碧绿的小草

在台风中起舞

忽起忽落

台风无法让它们屈服

寻找布谷鸟

我家住在山水边

常见白云水里游

常见夕阳恋山头

夏天的傍晚，漫步在湖边

南风阵阵吹，柳树舞翩翩

忽闻布谷声，飘荡在天空

又一个傍晚

又闻布谷声

快步去找寻

发现叫声来自高高的树梢

大树枝繁叶茂

小小布谷鸟

一心一意地鸣叫

藏得那样好

躲避世人的打扰

抬头仔细瞧

未曾找到布谷鸟

却找到了叫声动人的奥妙

你也喜欢芭蕉的绿

老街墙角

一棵芭蕉独自站立

舒展着生机勃勃的绿叶

那绿叶又长又宽

既可遮阳，又可挡雨

街上人来人往

多少人与它擦肩而过

我在它身边久久停留

只是因为你也来过这街头

只是因为你也喜欢这抹夏天的绿

多想变成那芭蕉

终日立在这街头

等你深情的回眸

您的心曲鱼能懂

漫步在公园

公园有水池

池边一男子

蹲着吹乐曲

鱼儿闻声来

纷纷浮水面

聚成一大片

摇头又摆尾

似乎都陶醉

男子挥手甩乐器

鱼儿纷纷地撤离

白鹭，你别怕

夕阳西下

我站在石拱桥上

桥边是开阔的水面

水面上长着水草几大片

一只白鹭立草丛

脖子伸得像弯弓

全神贯注盯水中

时间太久，白鹭脚发麻

一不小心，差点倒下

白鹭起身

飞进另一片草丛

草丛里钻出一只野鸭

白鹭猛地受惊吓

白鹭啊，你别怕

其实那野鸭胆子也不大

就像春雨安慰春草

你说你喜欢花

花儿香气扑鼻

赏心悦目

我说我喜欢根

在地下很安静

你说根儿无法抛头露面

我说有朝一日

根儿也可变成根雕

你说你等不及

于是伤心地哭泣

我慢慢安慰你

就像阳光安慰冰雪

就像春雨安慰春草

那年分别

落日，落花，落叶
落雨，落雪

这一切
都不及
那年分别
你落下的泪几滴

称　　猫

她家养了一只猫

近来吃得多

为了控制猫体重

买了一台电子秤

猫儿平时很安静

可放在电子秤上

撒腿就跑

把它摁在电子秤上

又称不出准确重量

把食物放电子秤上

猫儿倒是慢慢地品尝

但这也不是好办法

她灵机一动

把猫儿抱在怀

称了一次重

接着把猫儿放下

又称了一次重

等到桂花香

今年桂花格外香

香遍大街小巷

风吹香愈浓

夜来香不停

我问那桂花

春天百花争艳

你为何不出现

你看那桃花

红得像少女害羞的脸

你看那梨花

白得像雪花一片片

风吹香气入心房

桂花向我诉衷肠

别急着隆重登场

香气需要慢慢地酝酿

等到天转凉

桂花定会扑鼻香

扶

那一年

来到异国他乡

我走下大巴

一个踉跄

站立不稳

你伸出双手

微笑着将我轻轻扶

你的红衣裳

让我心里暖洋洋

你的微笑

让我终生难忘

啊，水乡姑娘

但愿有一天

你我再同行

我一定要问问你姓名

柳叶唤醒春天

春天可寻百花

夏天可观荷花

秋天可览菊花

冬天可赏梅花

柳叶唤醒春天

莲叶点缀夏天

枫叶染红秋天

竹叶坚守冬天

四季花争艳

四季叶精彩

为何不愉快

冬 小 麦

冬天

杂草又枯又黄

在北风里瑟瑟发抖

冬小麦绿油油

在北风里精神抖擞

夏天

杂草碧绿蓬松

在南风里频频抬头

冬小麦一片金黄

在南风里频频低头

梦中遇见你

梦中遇见你

你我都欢喜

明明是黑夜

梦中是白天

平时你素颜

梦中你化妆

让我心发慌

平时你身边

有街道有房屋

梦中除了你

身边之物全无

平时对你不敢正眼瞧
梦中你我的眼神
愉快地相交

平时分别时
你我面对面
礼貌地再见

梦中分别时
你我离得远
若隐又若现
彼此不说话
抬头又挥手
久久不肯走

水杉红了

冬日水杉让我常仰望

一是因它红得不张扬

一是因它笔直地生长

拙政园里想起她

我在荷风四面亭边停留

被荷花和莲蓬簇拥着

我在笠亭里伫立

被清风抚摸着

被鸟语谈论着

我在小路上行走

被园外的北寺塔注视着

哦

那不是塔

那是沉默的她

南浔的书香飘四方

鹧鸪溪边行

对岸大树下

佳人时走时停

倩影时现时隐

嘉业藏书楼

藏在树林中

楼前荷叶阵阵香

楼内书香飘四方

漫步小莲庄

留恋荷花池

荷叶一大片

绿意满眼前

一叶小舟泊在柳树下

多想划着桨

到那荷叶丛中去徜徉

忽闻外面舞曲响

那声音让我心神荡漾

依依不舍离开小莲庄

匆匆去寻声音在何方

鹧鸪溪畔柳丝长

随风轻拂路边的粉墙

漫步南市河边

通利桥下游船缓缓来

一位淑女立船上

红衣粉脸

模样古典

轻轻挥手笑吟吟

可惜不知她姓名

香格里拉的那片乐土

去普达措国家公园吧
那里是香格里拉的一片乐土

那里的草地绿油油
绿油油的草地里点缀着鲜花
快活的马儿边吃草边摇尾巴

草地里的黑猪边吃边走
它们不能享受饭来张口
却享受了充分的自由

那里的小河蜿蜒流淌
流过隐隐约约的树林
那里的流水有时钻出小桥

在光滑的石头上蹦蹦跳跳

那里有牧场
老牧民拄着拐杖边走边望
狗儿躺在草地里进入了梦乡

乘坐游船在属都湖上徜徉
眼前的蜻蜓在凉风里飞翔
岸边有马儿在草地里游荡

碧塔海边的那片草地啊
开满了五颜六色的花
小河在花草丛中缓缓流淌
小树在草地里尽情生长
草地里的马儿触景生情
追着心上人不肯停
白鹭不甘寂寞
在茂密的草丛里飞起又飞落

黎里的初夏呀

黎里古镇河水绿

河里波光到处晃

晃到岸边粉墙上

晃到梧桐绿叶上

古镇多石桥

有的桥头站青松

有的桥头伴杨柳

有的桥头立翠竹

明月桥头有小楼

楼上佳人在聊天

樟树摇曳在窗前

清风弄口清风桥

桥边有人在垂钓

河里鱼儿成群游

不见鱼儿肯上钩

河边桃树上

麻雀叽叽喳喳

小小麻雀去又来

桃树成了麻雀的家

如今满树绿叶

曾经满树花

街边弄堂幽静又狭长

一个丽人转身进弄堂

弄堂里黑咕隆咚

任凭你睁大眼睛

也无法看清她倩影

只好闭上眼睛梦里寻

街上飘来阵阵清香

不知来自何方

忽见墙上藤儿爬

藤上绿叶密密麻麻

藤上白花星星点点

弯下腰来凑上前

清香弥漫在心间

泸沽湖畔凉风吹

泸沽湖畔凉风吹

清新的空气入心扉

泛舟泸沽湖

湖上花瓣点点

是山杨露出的笑脸

仿佛天上的星星落水面

湖畔的小屋

适合隐士住

背山又面水

青山绿水陪你睡

湖畔碧绿的山腰

一缕白烟飘

那不是炊烟袅袅

而是祭祀的香烟

缓缓升上天

漫步里拜情人滩

但见一位窈窕女子骑着马

马铃声叮铃铃，叮铃铃

提醒着路上的行人

远看里格半岛

就像佳人小巧玲珑的鼻子

越看让人心越喜

龙脊梯田

蓝天里挂着白月牙

云儿洁白无瑕

阵阵凉风吹不歇

青青禾苗随风摇曳

你看那石板路

在绿色稻田间蜿蜒

你看那清澈的流水

从这块稻田漫游到那块稻田

落日挂山头

梯田的上面洒满了夕阳

梯田的下面一片阴凉

梯田周边群山环绕

人们好像生活在唐朝

一个农民低着头在田间小路上走

一只小狗摇着尾巴在前面带路

杜甫草堂里的笛声

漫步杜甫草堂

忽闻笛声悠扬

长满青草的土坡上

大树遮挡着太阳

树下，一位和蔼的老人

在教一位年轻女子吹笛

女子头发打理得很整齐

粉嫩的巧手轻握竹笛

她那优雅的模样

鸟儿见了也难忘

我来到她身旁

她放下竹笛

我们谈起李白和苏东坡

他们都是四川大地孕育的巨星

照耀着人们在文学之路上不断前行

吹笛老人起身回家

她跟在他身旁

就像荷花沐浴着夕阳

忆 安 庆

在安庆

我度过了四年大学时光

母校红楼

越旧越在记忆里停留

木地板上嘎吱嘎吱的脚步声

至今在我心里隐藏深深

安庆有山有水

郊野大龙山

我曾爬得欢

母校隔壁是菱湖公园

节日里欢乐气氛浓

满树挂着红灯笼

莲湖公园里

常常去嬉戏

暮春时分

躺在草地里晒太阳

心里暖洋洋

眼前多明亮

登上振风塔

风儿轻轻吹

铃声多清脆

远眺长江面

航船渐渐远

安庆黄梅戏

让我总入迷

乡音很亲切

演员多佳丽

安庆姑娘水灵灵

那黑黑的短发

那雪白的脸庞

常在游子心头荡漾

灵岩山下香溪流

木渎灵岩山

凝视香溪岸

山上曾有馆娃宫

吴王曾把西施宠

西施早已无影踪

如今只见塔高耸

香溪岸边

明月常照明月寺

古松常绿古松园

香溪岸边

虹饮山房里不见乾隆皇帝

严家花园里不见严家子弟

香溪岸边

只有游人川流不息

只有杨柳年年依依

甪直的春天

漫步甪直小街小巷

风儿暖，风儿凉

墙脚的小花和小草

在春风里愉快地摇

春草在阳光下绿得发亮

染绿了幽深的小巷

墙边油菜花开了好几朵

想必田野已开千万朵

小桥上坐着位年轻女子

雪白的脸庞很俊俏

双手抱着膝盖笑

与一旁的老太在闲聊

说她二十岁就结婚了

说结婚早也有结婚早的好

难道她的芳心似芳草

春风一吹就长高

白鹭东飞过头顶

将我的目光往高处引

谁家墙内的枇杷树

被春风吹得好舒服

墙外金黄的迎春花

已开得密密麻麻

迎春花尽管不说话

却悄悄地告诉人们

春天已来啦

小巷里传来鸡叫声

让人觉得很可亲

树上斑鸠的叫声有节奏

分明是歌唱的高手

谁家墙头上

两只家鸽轻声咕咕咕

家鸽真自由

可以潇洒地飞向田间地头

又可以熟悉地飞回主人的墙头

到处传来不知名的鸟叫声

我停下脚步仔细听

要是能闻声识鸟

那该有多好

前方石板路上

一位佳人缓缓行

留下隐隐约约的倩影

他日难再寻

河边石凳上

一位丽人戴口罩

半露的粉脸更加俏

甪直有很多石桥

这些石桥很古老

桥上走过多少人

桥下流走多少水

谁能比石桥

百年千年不会倒

如果时光能倒流

我要陪着恋人坐小舟

在小河里荡悠悠

荡到月亮爬上树梢头

宝带桥下的月亮

宝带桥上行

不见纤夫沉重的足迹

但见游人笑嘻嘻

桥边大运河

自古流到今

河上大船跑不停

如若在古代

船儿会有帆

白帆和黑帆

在风中舞得欢

船儿会有桨

桨声伴灯影

在星光下缓缓地前行

艳阳当空照

忽见鱼儿水面跳

水上两白鹭

结伴地飞行

飞得那样高

想必已吃饱

乘着南风在逍遥

盼望中秋夜

明月悬夜空

五十三个桥孔中

五十三个白月在水里晃动

石湖之春

石湖春来到

谁在柳下扭细腰

陪着柳丝在舞蹈

石湖春来到

何处花香入心房

何人花裙随风扬

石湖春来到

树上鸟儿在欢叫

水中鱼儿在欢跳

石湖春来到

梅花纷纷落

桃花渐渐开

石湖春来到

山头古塔送夕阳

湖上白帆迎月亮

夕阳映照下的石湖

夕阳西下

漫步湖中长堤上

湖中的夕阳

舒展得那样长

如熊熊火光

将湖面照亮

湖水清清

微风阵阵

不断往前行

湖中夕阳红红的长影

紧紧把我跟

如身着红裙的恋人

陪着我，不离不分

白鹭高飞过头顶
它们的身姿很优雅
奔向天边的晚霞

湖西是青山
山顶立古塔
塔影湖里睡
鱼儿出水面
将塔影弄得微微颤

一只沉默的野鸭
浮在夕阳长影上
随着微波轻轻荡

石湖之音

石湖之畔有小河

河里躲野鸭

野鸭踩着水面飞快跑

边跑边叫

样子很逍遥

石湖里游荡着鱼儿一条条

鱼儿有时扑通水面跳

石湖之中有长堤

堤上树茂密

树上有鸟巢

喜鹊经常巢边绕

喳喳喳地叫得很起劲

听到这声音

虫儿也开心

石湖周边多树林

林间很安静

对对斑鸠，一呼一应

斑鸠的叫声有节奏

咕咕咕的声音时断时续

八哥肥肥的黑身体

经常在林间飞上飞下

八哥的叫声很复杂

还会学说话

但愿有一天

八哥能懂我的话

跟我一起回家

春风又绿石湖岸

岸边到处开鲜花

蜜蜂花上忙不停

嗡嗡的声音

引我去倾听

花香入心扉

竟把蜜蜂忘一边

湖边林下常能见到猫

它们走路静悄悄

有时躺在长椅上伸懒腰

一些老人定时来看猫

留下食物让猫儿吃个饱

老人一喊猫

猫儿就喵喵

石湖的夏夜

虫儿在草地里轻吟

夏夜静谧无比

树上的鸟儿

在虫声里悄悄地安息

他日陪你游山塘

我的友人啊

分别那么多年

何日苏州见

见面时

一定要陪你游山塘

山塘街伴着山塘河

山塘河上桥座座

通贵桥上丽人多

有的微笑着回眸

直把你的魂儿勾

有的穿着旗袍摇团扇

摇得你的目光跟着转

星桥上陪你望星星

星星是天堂里的老百姓

总是快活地眨着眼睛

见面时

一定要陪你游山塘

去听佳人把评弹唱

吴侬软语是佳酿

吴侬软语是春水

谁人不心醉

常熟南湖的野趣

南湖春来到，梅花开得俏
步入梅林里，梅花香扑鼻
阵阵暖风吹，梅花纷纷落
青青草地里，片片红梅栖
老人林中唱，小孩林间跑
是谁躲帐篷，做着春日梦

南湖春来到，柳树垂青丝
青丝长又密，吻水又吻地
柳枝悬小道，小道挂绿帘
帘下低头过，柳丝牵发梢

南湖春来到，到处闻欢叫

斑鸠咕咕咕，似乎在远处

喜鹊喳喳喳，躲在树枝丫

家鸭嘎嘎嘎，藏身芦苇下

暨阳湖畔

张家港城南有片湖

湖水清清

湖中荷叶一大片

荷叶丛中有栈道

栈道上

一只不知名的水鸟

在阳光下潇洒地漫步

我慢慢走近它

它有点害怕

悄悄钻入荷叶丛

顿时不见它影踪

凉风阵阵吹

荷叶舞翩翩

水鸟在荷叶下做梦

我在柳树前站立不动

阳澄湖东岸送夕阳

阳澄湖东岸树木多

百鸟在林中乱唱歌

大闸蟹在湖里轻声和

阳澄湖东岸有长堤

长堤东边有池塘

堤边柳树排成行

夕阳挂在柳梢上

圆圆的倒影落池塘

忽见夕阳藏竹林

若隐若现红彤彤

那是佳人害羞的脸庞

隔着修竹将我望

夕阳渐渐坠天边
湖面红红一大片
天上弯月向西望
送别西天的夕阳

长城站里相思长

漂洋过海来到长城站

我边走边看

这里没有喜鹊在欢叫

只有寒风在呼啸

这里没有羊儿在欢跳

只有巨浪在咆哮

这里没有绿树碧草

只有乱石大大小小

这里没有鲜花怒放

只有积雪发寒光

这里没有桂花飘香

只有寒云漫天飘荡

这里有清澈的雪水在流淌

这里有嫩绿的苔藓在生长

这里有憨厚的企鹅在游荡

这里有工作人员在奔忙

长城站的工作人员啊

南极的漫漫长夜里

你们的相思也会涌心头

也想牵一牵妻子的手

也想摸一摸孩子的头

但愿长风几万里

把相思吹到明月里

通过明月来传递

传到大江南北故乡里

德国乡野的春天

那年春天

我在德国乡野徘徊

到处是花草树木的海洋

但见莱茵河在平原上清澈地流淌

河畔草地青青

马儿三五成群

但见阿尔卑斯山巅

白云戏白雪

但见阿尔卑斯山脚

青草丛中黄花隐隐约约

但见碧绿的草地起起伏伏

草地里点缀着零星的树
草地里白色风车随风动

但见平坦的草地像海面
向远方绵延
与白云在天边会面

但见金黄的油菜花
一片又一片
有的躲在树林间
有的舒展在路边
那浓浓的花香
久久弥漫在心田

慕尼黑郊野的油菜花
一眼望不到边
那红红的夕阳
徐徐坠入油菜花的海洋

白云飘过无忧宫

波茨坦郊外

蔚蓝天空下

绿色森林里

清澈的河水缓缓流淌

天上白云片片

河上白帆点点

白云飘过无忧宫

白帆隐入森林中

什未林湖畔静悄悄

什未林湖畔树林绕

远处树林隐隐约约

近处树林里小屋躲

真想在小屋里度春宵

任凭晨鸟在树上吵

远看什未林宫的座座尖塔

就像一支支画笔

插在树林里

湖畔草地像绿毯

草地里花儿开得俏

草地里野鸭在睡觉

湖心有帆船

白帆高高地升起

帆船缓缓向前移

似要移进天边的白云里

湖畔东方人来得少

儿童见了我左瞧右瞧

水边古城班贝格

一条活泼的小河

从古城哗哗流过

河上小桥一座座

桥上游人穿梭

站在高处望

城内红色屋顶似波浪

城外青山绵延到远方

在古城里徜徉

望一望高处的教堂

目光跟着塔尖去天上

在古城里徜徉

望一望河中的老市政厅

墙上的壁画让你脚步停

在古城里徜徉

望一望河边的红顶房

多想坐着游船逛水乡

在古城里徜徉

阳光将树影洒在墙上

谁将倩影洒在我心上

阳光洒满德累斯顿

你若到德累斯顿

一定不会犯困

特别是在五月艳阳天

到处都新鲜

绿荫覆盖的公园里

一位佳人坐在水边草地里

一只鸭子去讨她的面包吃

广场上，墙头上

竖着很多人物雕像

他们留下了多少动人的篇章

一对对马儿踢踢踏踏

轻松地将游人到处拉

易北河在城中缓缓流过

河里游船不停地穿梭

岸边草地像躺椅

人们躺在草地里休息

春风暖，阳光亮

河里游鱼也欢畅

街边一个女子站着在吹萨克斯

一个男子弯下身子虔诚地投币

过道里一个男子在拉手风琴

样子是那样陶醉那样动情

德累斯顿文化氛围浓

文化就像漫天的阳光

将人们蒙昧的心灵照亮

埃菲尔铁塔上望巴黎

埃菲尔铁塔耸入云天中

塔边绿树丛丛

埃菲尔铁塔上望巴黎

地上人影像蚂蚁

远处青山隐隐

埃菲尔铁塔上望巴黎

塞纳河蜿蜒地流过

河上长桥一座座

河畔绿树婆娑

埃菲尔铁塔上望巴黎

城内房屋都很低
高楼零星地耸立

埃菲尔铁塔上望巴黎
几处教堂的塔尖
像巴黎竖起的天线
去接受天国的信号
日日夜夜传播到人间

卢浮宫里看画

卢浮宫里有很多裸体画

把女子画得像鲜花

一幅画中的女子

金发散在丰乳旁

像夕阳照在雪山上

她微微低着头

样子很温柔

一幅画中女子侧着身

长长的金发遮着颈

一个丰乳半露半隐

一个丰乳裸着向前挺

她唇似新月眼似星

样子很恬静

为何她们让我久久难忘

因为她们的脸上

都流露着善意

善良是女子最好的装扮

泰晤士河畔

泰晤士河畔公园里

鸽子在青草地里跑

佳人在鲜花丛中笑

有人睡在大树下

松鼠正往树上爬

伫立桥上放眼望

但见碎片大厦像尖塔

多想登上大厦顶

去看满天的星星

但见一栋大楼像黄瓜

耸立在四月的青天下

河畔有很多古建筑

往日的故事在里面停留

泰晤士河水缓缓地流淌

悠扬的钟声在伦敦上空回荡

埃文河两岸

斯特拉特福小镇

横跨埃文河两岸

镇上莎士比亚故居

院子里有人在演出

演出的女子穿长袍

举手投足声情并茂

埃文河里的白天鹅

成群结队地穿梭

河边草地绿油油

草地里柳树站一行

倒影在河水里荡漾

镇中的小巷

古朴又幽静

不见他人来探寻

只见青藤在爬墙

只见花儿在怒放

只闻鸟儿在歌唱

镇上有很多老房

红砖墙，红屋顶

经过岁月的浸润

沉淀了古镇的悠扬

小镇街道上

一面黄旗高高飘起

旗上写着汉字一行

抚州，一个有梦有戏的地方

洛桑郊外的葡萄园

那年国庆期间

路过日内瓦湖边

但见洛桑东郊

葡萄园在山坡上绵延

葡萄园背靠青山

面朝日内瓦湖

湖水如镜

将折射的阳光

送去滋润初生的果实

葡萄园里有石墙

白天折射着阳光

夜里散发着热量

葡萄园里散落着小屋
真想在屋里小住数日
葡萄醉在漫天艳阳里
我醉在葡萄的绿意里

伊瓜苏瀑布边的一只鸟

我是伊瓜苏瀑布边的一只鸟

终日在林间逍遥

这里天空蓝得没有杂质

云朵洁白如洗

白云在蓝天下游荡

我在白云下游戏

这里河水很清

河水里浮动着白云的倩影

这里空气很清新

我总感到浑身是劲

说一说伊瓜苏大瀑布

看了千遍万遍

总也不觉厌

瀑布像佳人的白裙

让我一见倾心

瀑布像各式各样的白婚纱

可惜不能买一件给心上的她

魔鬼喉的水雾

像千家万户起炊烟

炊烟袅袅升上天

与白云在空中缠绵

人们不远万里来到瀑布前

有的开心地笑

有的激动地跳

有的张开双臂去拥抱

瀑布前的彩虹

像昨夜做的梦

温馨又朦胧

做一只鸟儿多好

常在河边散散步

看二百多条瀑布

潇潇洒洒往下跳

从一只斑鸠身边路过

从一只斑鸠身边路过

斑鸠悄悄躲

难道斑鸠怕我

怕我将它捉

我把斑鸠想得很可爱

斑鸠把我想得有点坏

但愿有一天

斑鸠的想法也会改

纸与笔的对话

纸是妻子

笔是丈夫

文字是他们生的孩子

在一个春风轻拂的晚上

纸与笔悄悄说着话

纸说

亲爱的

我们的拥抱总是很甜蜜

下次能不能轻轻地，轻轻地

笔说

宝贝

每一笔每一画

都含着我的情我的意

没有深情厚意

哪能写出清晰的文字

纸说

亲爱的

我懂你心意

重了怕我疼

轻了怕我痒

笔说

宝贝

你的身体洁白无瑕

总是让我意气风发

我们的孩子啊

就像那展翅的鸿雁

迟早要飞向天涯

雾中的你

今晨有大雾

淹没了高楼

笼罩了田野

你说你终于成了仙

我喜欢雾中的花

喜欢雾中的马

多想骑着马

给雾中的你

送去一束花

十个为什么

一个小男孩好奇地问妈妈

为什么太阳下山时红彤彤
为什么月亮有时像弯弓
为什么星星不往地上掉
为什么白云能在天上到处跑

为什么鸟能飞鱼能游
人只能在地上走

鸟儿叽叽喳喳
为什么我听不懂鸟的话

为什么爸爸白天叫我宝贝

夜里睡觉时

轻声地叫你宝贝

为什么爸爸喜欢讲李白和范仲淹

为什么爸爸喜欢带我到大自然

爸爸跟你一样大

为什么有了白发

快告诉我呀，妈妈

水龙头的心里话

我是你们常用的水龙头

今天来跟大家说说心里话

天热时

我可以放凉水

凉得洗手的人心情舒畅

天冷时

我可以放热水

热得洗澡的人心里暖洋洋

我放出的水可浇灌花草树木

花草树木生机勃勃

我渴望清澈的水源

希望放出的水

没有杂质，没有异味

终于有一天

我可以放出直饮水

人们可以直接喝

我的心里也就乐呵呵

如果没有水

我只能是摆设

忘掉我吧

去欣赏水清岸绿的江河

母亲常在我梦里活着

母亲虽已去世

却常在我梦里活着

有次梦里

梦到母亲生活很拮据

样子很可怜

我伤心难过

放声痛哭

醒来后

仍哭个不停

多看几眼稻田

路过你的单位

单位门前

有片碧绿的稻田

白鹭在上面起舞翩翩

农民年年耕种水稻田

你年年耕种人们的心田

我们都喜欢禾苗绿油油

我们都喜欢白鹭舞翩翩

只要多看几眼稻田

就等于我们多见了几面

一个老头在挠痒

阳光普照

天气暖和了

公园里热热闹闹

前面一个老头

从青草丛中

拾起一根小小的枯枝

塞进厚厚的上衣里面

去挠背上的痒

小小枯枝真幸运

能帮老头挠挠痒

老头心里多舒畅

乡村鸡叫

与一位常熟农民
在乡间小道同行

忽闻鸡在叫
我问是公鸡还是母鸡
他指着前面楼房说
是他家公鸡

我问公鸡几点开始叫
他说凌晨三点多
我问会不会将他吵醒
他说习惯了就不要紧

他家房前屋后

尽是绿油油的小麦地

我问小麦收割后种什么

他说种水稻

唉，做个农民真好

满眼绿油油

随时可到田间走一走

你看着我笑

你看着我笑

脚下是长桥

天上白云飘

你的头微微向后倾

新月般的嘴儿微微抿

你的笑容甜又靓

风儿路过也欢畅

你看着我笑

眼前艳阳照

背后青山绕

你微微弯细腰

就像杨柳随风飘

你看着我笑

轻轻把门靠

门边青藤绕

你看着我笑

脚下是弯弯的小桥

桥头青松长得高

你扎着古典的发髻

头微微扬起

笑容多妩媚

陪着你总也不觉累

你看着我笑

温柔的声音心头绕

你是我快乐的向导

我让你的快乐发酵

你看着我笑

可惜是在拍照

唉

可惜是在拍照

在春天的小河边静坐

在春天的小河边

我久久地静坐

斑鸠的叫声有节奏

水中青蛙在伴奏

蓝天里喜鹊喳喳喳

树上白头翁大声说情话

春风与杨柳在缠绵

细语传耳边

忽然间

一位佳人路过身边

她那温柔的声音

弥漫在河面

弥漫在蓝天

寻　梅

夜幕渐降临

散步在林边

不知哪里的腊梅

香飘得很远

东找西找找不到

腊梅，腊梅，可知道

路边花儿开得艳

尽管不飘香

也要吸引路人的目光

小河之恋

一条小河

平时清澈见底

水草摇曳

鱼儿穿梭

一场大雨后

浊浪滚滚

此时来到小河旁

你也别失望

请闭起眼睛想一想

小河平日的模样

蒙蒙细雨像银线

我们都喜欢细雨蒙蒙

蒙蒙的细雨

像根根银线

将天空与大地串联

若在雨中沐上一整天

定会苦不堪言

我们都喜欢雪花纷纷

纷纷的雪花

像天公撒下的白花

如果在雪中待上一整天

定会冷饿交加

我们都喜欢月亮圆圆

圆圆的月亮

像佳人雪白的脸庞

散发着迷人的光芒

如果漫步月亮之上

定会看到满眼荒凉

草地里绵羊到处跑

老虎又凶又壮

走路很嚣张

绵羊温顺胆小

低头吃青草

山中老虎越来越少

草地里绵羊到处跑

该送你什么好

送你一枚钻石

百年后

钻石还在

你不在

送你几行文字

百年后

文字在

你就在

桥头的紫藤

那棵紫藤真幸运

生长在桥头

桥上搭起了长架

紫藤尽情地往架上爬

烈日炎炎的夏天

紫藤洒下浓浓的阴凉

路过的游人无不把它记心上

很多紫藤埋没在角落

从来不被人们注目

它们并非没有桥头的紫藤粗

它们并非没有桥头的紫藤长

挡不住的流水

阻挡流水前行的

不是千军万马

而是前方的堤坝

只要流水足够多

堤坝终将被越过

何时再现白鹭的倩影

池塘边立着一个小男孩

在给黑天鹅喂食

一只白鹭翩翩飞过来

停在浅水里

黑天鹅很生气

用武力来驱离

白鹭无奈飞起

缓缓飞向对岸青草地

黑天鹅也许觉得

它最讨人欢喜

独霸这方水面天经地义

我与小男孩

其实更喜欢那白鹭

唉

怎奈这一方水面

被黑天鹅独占

不知白鹭的倩影

何时能再现

她身上的香水味

香水

只有搽在女人身上

才能让男人心神荡漾

惊闻他去世已两年

我与他曾经很熟悉

但最近几年从未联系

惊闻他去世已两年

不由得回想起

他生前的一点一滴

他的衣服总是穿得干净又整齐

皮鞋总是擦得铮亮铮亮

他平时很节俭

做事条理清晰

一旦离开了人世

所有的衣服和鞋子

都被家人丢弃

他就像一只大雁

飞过了这片天

从此销声匿迹

户口本上再也没有他的名字

大街小巷里再也看不见他的足迹

他曾经是那样富贵

如今留在世上只有一盒灰

树林里的四季

我在这片树林里走过了四季

亲眼看见

树把花还给了大地

树把叶子还给了大地

树把沉甸甸的果实还给了大地

如今你去了天边

最难忘怀

你深情地望着我的眼

露出羞涩的笑脸

声音又柔又甜

如今却去了天边

暖风总是围着鲜花吹

冷风

总是追着落叶推

暖风

总是围着鲜花吹

送外卖的姑娘

送外卖的姑娘

扎着长长的马尾发

有着雪白的脸庞

这是午饭时间

你走得那样快

一转眼

就奔向了饭店

你争分夺秒

走路像跑

这是炎热的夏天

别人坐在室内用餐

你一路流了多少汗

送外卖的姑娘
有着婀娜的身姿
如此的佳丽
送外卖多可惜
就像绵羊在耕地

玩水的孩子们

雨后的夏夜

景区的路上有片积水

两个小男孩和一个小女孩

一会儿在水中蹦蹦跳跳

一会儿坐在水中笑

一会儿躺在水中像睡觉

他们的妈妈

若无其事地旁观

任由他们玩得欢

时间已是晚上九点多

路上静悄悄

人们纷纷回家睡觉

我边走边回首

忽闻一个小男孩的请求声

妈妈，再让我玩一分钟

三个旁观的妈妈都不傻

孩子们的衣服虽弄脏

孩子们的心里却乐开了花

尽管你的皱纹一年比一年深

我喜欢白鹭的倩影

尽管它的叫声并不动听

我喜欢白云的倩影

尽管它常常飘浮不定

我喜欢你的倩影

尽管你的皱纹一年比一年深

河边的树

烈日炎炎的夏天

河里的水对岸边的树说

你给了我阴凉

我该如何补偿

岸边的树对河里的水说

你滋润了我的根

我该如何报答

窗外的小河

小区里有条小河

从绿树丛中流过

河边杨柳依依

翠竹密密

枇杷树相偎依

春天来了

成千上万的蝌蚪在小河里游

蝌蚪到底有多少

用不了多久就知道

只需听夜里青蛙呱呱叫

河里有很多鱼

两个俏佳人

年纪轻轻

最近常来河边垂钓

雪白的脸庞倒映在水里

鱼儿见了也心慌

今日阳光明媚

暖风阵阵吹

一位先生在河里玩皮划艇

先生满脸艺术气息

一个小男孩问他去哪里

他说去丛林探秘

树上一只鸟儿大声喊

哟嗬

我的心里顿时充满欢乐

叶子的悲与喜

荷叶啊

当你碧绿的时候

又大又香

水珠在上面依偎

蜻蜓在上面沉醉

当你凋零的时候

暗淡无光

鱼儿见了也心伤

苦楝树叶啊

当你绿油油的时候

几人会在意

当你飘落的时候

片片落叶片片黄

鸟儿见了也欢畅

她露着细腰走在夜色中

夜渐渐深了

路上的灯依旧亮着

一位丽人路过身旁

长发飘飘

身材高挑

她穿着一身黑衣服

没有露胸

没有露背

只露出雪白的细腰

夏夜的湖风柔柔地吹拂着

岸边的柳条轻轻地飘荡着

她为什么露着雪白的细腰
许是细腰让她感到自豪

我不敢正面多瞧
待她走到了身后
便立即回过头
她那雪白的细腰
就像弯弯的新月
谁人见了不愉悦

如果再搽点香水
南风一吹
路边的虫子
也会难入睡

乡野漫步

这是个阳光明媚的冬日
我在乡间小路漫步

路边立着棵大松树
茂密松枝里
喜鹊喳喳叫不停

枇杷树开着花
蜜蜂嗡嗡嗡
抱着花儿亲

路边有鱼塘
塘中野鸭受惊扰
溅起水花飞快跑

茶树也在开着花

明春新茶香万家

橘树叶子绿意浓

枝头黄橘无人问

路边有大片果林

林下种着菜

有人在浇水

扬起水花亮闪闪

蔬菜一行行

那是农民写下的诗行

林中传来人语声

山边传来鸡鸣声

狗吠声最响亮

在田野里回荡

冬天的妙处

冬天梅花飘香

北风急急忙忙

把清香送进人们的心房

冬天太阳很温暖

如同天上挂火炉

照得浑身暖洋洋

冬天可以戴围巾

围在颈边挂胸前

走起路来风度翩翩

冬天没有蚊子嗡嗡嗡

可以放心做好梦

冬天可以吃红薯
红薯烤得香又甜
热气腾腾暖心间

稻田一片金黄

深秋已来临

稻田一片金黄

黄了路边的水乡

忽见一片金色稻田

围着一片圆形水面

农夫水里撑小舟

小舟缓缓地前行

又见一片金色稻田

向远方绵延

田边躺着一湾清水

水中冒出个小岛

岛上长满草

婆娑的柳树

将小岛神秘地笼罩

因为有了大片金色的稻田

那农夫

那柳树

才被我久久地记住

如果没有化石能源

如果没有化石能源

你也别着急

可以骑着马儿去远方

一路上看星光和月光

如果没有化石能源

你也别着急

可以骑着骆驼过沙漠

驼铃声中不寂寞

如果没有化石能源

你也别着急

风儿推着帆

船儿把你送上岸

如果没有化石能源

你也别着急

成千上万的人可以走进田地里

赶着牛儿去耕地

如果没有化石能源

你也别着急

水车转不停

麦子磨成粉

树已比我高

今天，看不见小树在长高

明天，看不见小树在长高

后天，还看不见小树在长高

十年后

树已比我高

他想活到一百岁

我和他都在等公交

等着，等着

不见公交到

我们开始闲聊

他问我是否有技术

我说没有

他问我是否有文化

我说有点

我问他五十多吧

他说七十八

我说他眼睛很有神

看起来还年轻

他微笑着很高兴

我说他可以活到九十八

他说想活到一百

我问他住在哪

他说住在乡下

我问他平时干点啥

他说经常看电视

也没多大意思

最近想找份工作

做点事更有意思

深秋的银杏树下

但愿有一天
深秋的银杏树下
你我满头白发

你抱着银杏树说
好凉，好粗
我抱着你说
好暖，好柔

我拾起一片银杏叶
戴在你的白发间
你露出愉快的笑颜

你捧起黄叶一片片

抛向蔚蓝的天

我抬头看花了眼

片片黄叶坠心间